KB216256

그물코를 깁다

시와소금 시인선 175

그물코를 깁다

초판 1쇄 인쇄 2024년 11월 15일
초판 1쇄 발행 2024년 11월 20일

지은이 최인홍
펴낸이 임세한
펴낸곳 시와소금
디자인 유재미 정지은

출판등록 2014년 1월 28일 제424호
발행처 강원 춘천시 충혼길20번길 4, 1층 (우24436)
편집 · 인쇄 주식회사 정문프린팅
전화 (033)251-1195 / 휴대폰 010-5211-1195
전자주소 sisogum@hanmail.net
ISBN 979-11-6325-087-6 03810

값 12,000원

강원특별자치도 강원문화재단 Gangwon Art & Culture Foundation
· 이 책은 강원특별자치도 강원문화재단 후원으로 발간하였습니다.

시와소금 시인선 · 175

그물코를 깁다

최인홍 시집

시와소금

▌최인홍

- 1992년 『문학세계』시부문 신인상으로 등단하였다.
- 강원특별자치도교육청 학교문화예술담당 장학관을 거쳐 대룡중학교 교장으로 정년퇴임을 한 후 춘천과 동해바다를 오가며 시 창작활동을 하고 있다.
- 내린문학회장, 수향시낭송회장, 재능시낭송협회강원지회장, 한국문인협회강원지회 이사, 인제문화예술단체연합회장을 지냈다.
- 강원문화예술지원사업 예술창작활동지원금을 수혜하였다.
- 시집으로 『그물코를 깁다』가 있다.
- 현재 한국문인협회, 삼악시, 수향시, 내린문학회 회원으로 활동하고 있으며, 시낭송교육자로 강의 활동을 하고 있다.

| 시인의 말 |

혼자만의 길이었습니다.
외로움을 찾는 길이었습니다.
위로가 되는 길이었습니다.
시의 길이었습니다.
그 길을 걷는 걸음은 늘 힘들고 어려웠습니다.
그래도 걸어야 했습니다.
꾹꾹 디뎌 온 발자국들을 돌아봅니다.
이제
그 발자국들을 거두어 남깁니다.

이천이십사년 십일월
최인홍

| 차례 |

| 시인의 말 |

제1부 물레길

제2부 갈색 묵언

제3부 어머니의 의자

제4부 바람의 흔적

제 1 부

물레길

하조대 해변에서

파도를 내려놓은
바다와 나란히 걷는다

직선을 버린
바람이 어깨동무를 한다

맨발 가득 달라붙는 모래가
긴 세월 구두에 휘둘리며 걸어온
굳은 발을 어루만진다

바다로 드는 갈매기 떼가
내 안의 묵은 슬픔들을
싱싱한 물속으로 데려간다

대청봉에서

비우기 위해
흐르는 땀으로 세례를 하며 오른
설악의 정상
가장 높은 곳에서 가장 낮은 자세로
서 있는 눈잣나무와 마주한다
탁 트인 하늘로 마음의 뿌리를 뻗어
사철 푸른 희망을 놓지 않는 곳

지친 몸을 정상석 옆 바위에 맡기면
동해의 펄떡이는 파도가 머리를 쓸어 넘기고
소양강 싱싱한 윤슬이 등을 토닥이는 곳
금강과 태백을 넘어온 녹색 바람이
어깨동무하는 곳

축축한 영혼을 보송하게 일으켜 세우는
대청봉에서
사방을 아우르는 강원의 품을 본다

삼악산

삼악산 용화봉에서
의암호 젖은 바람으로
온 몸을 씻는다

감은 눈으로 고요를 듣고
두 귀로 하늘을 우러른다

세상 거칠게 걸어온
두 발 내려놓고
새 발로 겸손히 길을 딛는다

오세암에서

오르다 숨이 차서 쉬어야 한다면
가슴을 풀어헤치고 눕고 싶다면
오세암 기둥에 등을 대고
곧추 앉고 싶네

산굽이 돌아 들어온 길
동자꽃은 피는데
홀로 눈 속에 묻혀
길 사라진 산굽이
아득히 내리는 눈송이보다
더 많은 절망을 날렸을
동자승이 보이네

풍경소리에 멈춰선 바람
도란도란 흐르는
말씀을 부려 놓는데
그 말씀 하나 가슴에 품고
먼 길 새롭게 오르고 싶네

여름 미천골에서

숲을 뒤흔드는

매미의 응원이 아니었다면

폭염의 샅바를 잡은

숲은

숨 막히는

적막의 무게에

무릎 꿇었을 것이다

턱걸이 폭포

폭포라기엔 높이가 없고
아니라기엔 아쉽고
그래서 붙여진 이름일 것이다

주변에 자리한 바위 절벽과
깊이를 가늠할 수 없는 넓은 소沼를 보면
한 때는 폭포로서의 위용을 자랑하며
때린 만큼 부서지고 파이는
바닥을 즐겼을 것이다

가늠할 수 없을 만큼
바닥이 무너졌을 때
폭포가 자리한 절벽도
함께 부서지고 무너졌을 것이다

온전히 깨지지 못해
애매한 이름을 가진

폭포의 발치를

소沼의 물

한 바퀴 돌아와 어루만진다

검푸른 깊이로 멍든

가슴을 쓸었을 따스한 손길에

고개 숙인 물줄기

폭포라기엔 힘이 없고

아니라기엔 아쉽고

그래서 붙여진 이름일 것이다

관음송 그늘에서

열여섯 가슴엔 용광로 끓고 있었으리라
온 몸을 휘감아 도는 서강 물줄기마저
뜨겁게 덥혔으리라

그 불덩이 무릎에 앉히고
함께 하늘 우러르던 여름날의 기억을
나이테로 차곡차곡 간직해 온 수령 육백년의
소나무 그늘에서
가슴에 손을 얹는다

누구나 하나쯤 불덩이를 품고
뒹구는 것이 삶이다
불덩이 사그라들면
시커먼 상흔으로 남지만
그 자리에 잔잔하게 배어있는
고통의 나이테는 빛이 된다

단종애사의 길목을 지나던 바람이

후려치는 솔가지에 흐느낀다

열여섯 절망이

청령포 가득 솔향으로 번진다

혼자여서 골똘하다

평양막국수 집 대문에선
그동안 애용해 주셔서 감사하다는 말과 함께
폐업을 알리는 팻말이 비를 맞고 있다.
오래된 흑백영화처럼 막국수 집을 비가 긋고 있다

골목 바닥에 그려진 사방치기 그림에는
빗물이 넘쳐흐르고
골목길 안쪽으로는
벽화 몇 점이 고개 숙이고 있다
계단을 올라 골목을 벗어나자
효자 반희언이 노모를 업고
우산도 없이 빗속을 서 있다

돌아내려오는 길 골목에는
옛 모습을 그린 벽화가 담벼락과 따로 놀고
빗줄기만 요란하게 골목을 몰려다니고 있다

한 바퀴 돌아 와 다시
문 닫은 평양 막국수 집 앞을 지날 때까지
골목도 나도 혼자다

김부리의 가을

바람에 나부끼는 억새풀
연약하다고 비웃지 마라
깨어 있는 자는 안다
역광 속에서 일시에 일어서는
눈부신 함성

숲 속 가득 쌓이는 낙엽
발목을 덮는다고 탓하지 마라
울어 본 자는 안다
눈물 흘리며 걷는 길
수북하게 쌓이는 따뜻한 위로

마의태자를 따르던 무리
마의태자가 걷던 그 길
아니더냐

부끄러움을 지고 찾아들어

천년의 맥을 잇기 위해
절망을 담금질 하던 김부리

생명들을 위해
새로운 생명이 되기 위해
오늘도
잘 영근 열매들
숲을 채우지 않느냐

개인약수

바위를 감싼 이끼가 회색 겨울을 헹궈
연둣빛 계절을 널고 있다
한눈팔다 돌부리에 채인 발을 종아리에 부비며
나무들이 간직한 그들만의 언어를 쓰다듬는다
견딤의 세월을 간직한
전나무 큰 그늘 아래
활짝 개인 말씀이 솟는다
표주박 가득 담아 마시는 서늘한 말씀
온 몸으로 받는다

상원사 가을 노래

푸른 잎 다투어
하늘 쫓더니
찬 서리 후려치는
새벽
온 산이 제 색을 찾는다

전나무 푸른 숲 속
단풍나무 아가위 가래나무
참나무
역광 속에서 더 빛나는 아침

별빛 쫓아 올라온 여기도
하늘이 아니라 길이었구나

상수리 발치에 떨구는
가을 산
텅 빈 충만을 노래한다

금학산에 올라

입구 없는 담
너머를 보기 위해
담보다 높은 산으로 오른다
감당해야 할 무게를
넘어버린 육신에서
잊었던 그리움의 눈물
턱을 차는 고통으로 흐르고
나리꽃도 숙연한
정상에 앉아
보이지 않으므로 더 견고한
벽
너머를 본다
끝없이 달려 드넓은 손 내미는
철원평야 그리고 평강고원
풀씨 한 톨 용납 않는
파헤쳐 드러낸 평행선
골 깊은 상처 앞에서

서성거린다
언제쯤 저 이념의 벽을 넘을 수 있을까
금학산을 처음 오른 나는 절망하는데
쌓은 벽은 허물어지게 마련
칠백 일흔 일곱 번째 오른 평강상회 주인
서리 내린 세월 쓸어 넘기며
유년의 텃밭 오성산 너머로
노을보다 붉은 눈 빛 잔잔히 보낸다

내린천

돌을 들치면
가재 기어 나오고
하얀 고무신 속
송사리 까만 눈만큼이나
반짝이던 웃음
따뜻한 바위에 등 비비며
물을 노래한 동심이었다

짝꿍이 건넌 강가에서
발목 적시며 퍼 올리던 모래
강물에 뿌리고
등짐보다 무거운 발걸음
쉬이 돌리지 못해
온 몸으로 뜨던 물수제비
부서진 만큼 부드러운 모래에
떠난 친구의 이름을 쓰며
강물의 깊이를 깨달은 사춘기였다

삶의 무게 이끌고 강가에 서면
묵묵히 흐름을 보여 주고
한 줌 재로 남은 친구
건네주던 깊은 가슴을 지닌
내린천
세상 버틸 수 있는 끈으로 잡고
함께 흘러야 할 생生이다

하늘벽

무거운 가슴을 안고
한계령을 오르다 만난
절벽
까마득하게 하늘을 막아선다

손을 놓아 생긴 깊은 골
더는 다가갈 수 없어
자신의 상흔만 떼어내는
아득한 절벽

너와 나의 거리 그 간격에는
얼마나 큰 절벽을 가지고 있을까

등 돌려 한계령을 오르다
되돌아 본 하늘벽

바람이 다가와 머물고

하늘이 내려와 걸터앉는
숲이 되어
손을 흔든다

온전히 바라볼 수 있는 거리에서
손 내밀면
가슴 속 절벽도 걸어 나와
손잡을 수 있겠구나

원대리 자작나무 숲에서

보이지 않는 돌부리 가득한
일상의 길을 피해
굳은 살 무감각한 발길 옮겨
자작나무 숲으로 든다
부엽토 쌓인 숲길을 걸으며
비로소 위를 쳐다본다

하늘을 향해 스스로를 채워가는
자작나무 숲에서
삶은 바닥이 아니라
열린 하늘이라는 손짓을 본다

떨리는 손 내밀자
순백의 품 열어
등 다독이는 하늘빛 온기에
절뚝거리며 걸어 나온 가슴속 상처들
양 볼을 흘러

발등을 어루만진다

여민 가슴 열어 만성의 멍울
풀어주는 자작나무 숲에서
상처는 옹이가 아니라
막힌 수액이라는 속삭임을 듣는다

겨울 용대리는 바다가 된다

용대리의 겨울은 깊은 바다가 된다
심해에서 건져 올린 명태가
떼 지어 진부령을 넘어와
일제히 하늘 향해 일어서는 내설악은
한 생의 황금빛 마감을 위해 고요히 일렁인다

한겨울 용대리 사람들은 혹한과 바람의 땅에
덕목을 쌓아 덕장을 만든다
하늘이 짓는 농사이기에
생명줄을 하늘에 걸고 명태를 넌다
간절한 시간을 펼친다

온난화로 온 몸이 얼지 않은 채
말라버리면 먹태가 되고
지나친 한파에 꽁꽁 언 채로 말라버리면
백태가 된다
바람이 거세면 줄줄이 낙태가 되어

바닥을 뒹군다

오로지 순도 높은 황태를 위해
겨울이 겨울다워야 하는
바람이 바람답게 불어야 하는
겨울 용대리는
황금빛 덕장을 위해
치열한 찬바람과 혹한 속 서설을 꿈꾼다

바다가 된 겨울 용대리는
파고드는 칼바람으로
진득이는 바다 냄새를 펴내고
겨울 내내 혹한 속 눈보라로
거센 파도를 게워내며
황금빛 속살을 만든다

물레길

조각난 바람을 싣고
조심조심 노 저어 가면
생각의 방울들
흩어져 파문을 그린다

깊은 가슴을 갖고 싶어
깊이의 중심을 향하지만
물살에 밀려
자꾸 얇아지는 가슴

가슴속 소용돌이 어지러운 무게에
물살 가르지 못하는 뱃머리
자꾸만 밀리는데
균형 잃은 생각의 파편들
쉽게 사라지지 않는다

온몸의 핏줄 세워 힘껏 저으면

마침내 벗어나는 소용돌이 비워지는 가슴
순간, 물살 가른 배는 깊이의 중심에 이르고
몸속에선 맑은 바람이 인다

의암호 가장 깊은 곳에서 만나는
물 위의 평온

방태산 계곡에서

삶이란 때론 호흡을 가다듬고
뛰어내려야 할 때가 있다
돌돌돌 샘솟은 물들이
이폭 저폭 망설임 없이 뛰어내려
계곡에 길을 만들며 흐르다가
마당바위에 앉아 숨을 고르는 곳

오르는 자를 뒤로 하고
아래로 흐르며 만들어 내는 절경

나는 오늘도
오르기 위해 애쓰는데
방태산 계곡은
내려가며 아름다움을 만든다

품안에 들다

고로쇠나무
인내한 겨울을 털어내며
연둣빛 새순을 위해
시린 잠에서 깨어나
수액을 길어 올린다

미처 떠나지 못한
음지의 겨울을
밀어내지 않는 큰 산

영혼을 깨우는 은방울꽃
잔잔한 흔들림을 위해
바람이
따스함을 준비하는 숲

초봄의 설악, 그 품안에 든다

제 2 부

갈색 묵언

뿌리를 밟으면 온 몸이 저리다

내 안에 가둔 멍든 영혼
끌어안고 산을 오른다

구겨진 심장의 한계에
아뜩해지는 산중턱
소금기 묻어나는 삶의 경사를
잡아주는 나무뿌리가 있다

기우는 삶의 발길
수없이 견딘 상처
반질반질 고통이 빛난다

드러낸 뿌리로
흔들리는 발길을 잡아준다는 것은
삶의 무게를 함께 진다는 것이다

뿌리를 밟고 선 온몸이
빛진 마음으로 저리다

시간의 안쪽

팔 뻗어 함께 안았던
전나무
혼자 와서 가만히 안아본다

너의 손끝에 닿았던
내 손끝의 간절함은
밤마다 마주한 별빛과 함께
더해지는 나이테의
켜마다 배어들어
잘 삭혀진 향으로 자랐구나

거칠었던 시간의 밖을 쓰다듬으며
눈보라 속에서도
그윽하게 버티고 선
너의 안쪽을 읽는다

수행

산과 산 그 골
바위와 바위 사이
그 틈
낮은 곳으로 손길을 내미는구나

조심 조심 스미다
가파르게 쏟아내는 방언
평온으로 잦아드는 깊은 수심의 친견
간절한 기도로
손잡고 가는 길은 두렵고 먼데

사그락 사그락
흐르는 소리 세상을 채운다
저 구비 끊어지지 않으면
바다에 이를 수 있을까

붉은 이승을 깎아내는 무딘 손길을
물끄러미 바라보는 말간 접시 하나

갈색 묵언

하산 길 엄지발가락이 타전해오는
시린 고통을 달래기 위해
쌓인 나뭇잎 속으로
슬며시 발을 들이민다

서로의 가슴을 보듬고
회초리 바람 견디는 쌓인 잎들의 틈새로
하늘 길을 걸어온 지친 별빛이 굴러든다

한여름 더 큰 숲을 만들기 위해
초록의 나부낌이 만들어낸
사랑의 파장이 아직 남아
발끝을 통해 온 몸으로 번진다

메마름마저도
발치에서 뿌리를 감싼 채
나이테의 단단함을 응원하는

한겨울의 웅크린 갈색 묵언

얼리고 녹이는 축축한 여생은
두 손 모은 발효의 시간이 되어
평생 질리지 않는 어머니 손맛
부엽토로 삭아
잔뿌리로 스민다

새봄
또 한해의
연둣빛 두근거림이 돋아날 것이다

폐차

삼십만 킬로미터를 함께 달렸다
가릉가릉 가끔은 그만 가고 싶다는
너에게
더 많은 시간을 함께 해야 한다고 말했다
너는 아예 멈춰 서서 허공만 응시하고 있었다

출구를 놓쳐 예상치 못한 길로
나서야 할 때도
갈등으로 흔들리는
지체의 시간 속에서도
묵묵히 기다리던 너는
어디든 기꺼이 동행했었다

돌아보면 네가 달려온 거리가
내가 풀어놓은 삶의 한 타래였다

십년을 함께 달렸던

너에게서 내려

마지막 문을 닫는다

텅

한 권 인연의 책장을 덮는 울림이

는개처럼 온 몸으로 스민다

그물코를 깁다

수많은 코들의 균형을 위해
그물코의 간격은 일정하여야 한다
공평하지 않은 관계는 끊어지고 만다

힘의 분배에 실패한 그물코들이
짓누르는 무게를 버티지 못해
손을 놓았다
아득히 심해를 향해 쏟아지는 만선의 꿈

건진 것보다
건지지 못한 것이 더 많은
생의 그물을 펼친다
무릎 꿇고 찾아낸
헝클어진 시간, 터진 날들
참회의 손길로 깁는다

수많은 코들의 균형을 위해

당신과 나, 세상을 버티는

모든 이들과의

따뜻한 거리를 측정하며

황혼을 등지고 앉아

그물코를 깁는다

달항아리

돌은 쪼개지고 부서진다
약속의 말씀들 흩어져
모래가 되고 흙이 된다

과즙 향기 머금은 채 내쳐진
에덴동산의 문 닫히는 소리
처음으로 저지른 유혹과 핑계
진흙 속에 구른다

기도의 새벽을 채워 응답 받은 백토
도공의 손에 선택되어
곱게 걸러지고 찰지게 다져진다

정결한 손길에 빚어지고
우주를 담는 가마 속 열기에
새롭게 거듭나는 구원의 몸

날마다

맑은 물을 채우라는 말씀

믿음으로 채워

영원히 목마르지 않는

빛과 색

세상을 밝힌다

눈 내리는 해변

아득히 허공을 지우는 눈발
속으로 사라지는 섬
바다는 뒤척이며 눈을 품는다

한여름 열병을
서릿발로 세우던 모래밭은
수만 눈발 속에 수만의 발자국 묻으면서
눈보라 헤쳐와 온 몸으로 스미는 파도의
손길에
쌓인 응어리들 제 살로 풀어낸다

가시 같은 바람이
눈과 함께 달려드는 백사장
나보다 먼저 떠나는 발자국
뚝 뚝 끊어 보내며
바람막이 솔밭에 들면
품으로 맞아주는 해송

견뎌 온 나이테의 든든함이
온기로 건너와 가슴을 데운다

흩날리던 눈발 포근히 쌓여
해변은 첫날 같은 여백이 되고
바다는 송이 눈 녹여
안으로 채운다

언뜻 섬이 보인다

섬 속의 바다

섬 속에 갇힌 바다는
혼자다

목선으로 맴도는 마음
남극을 그리다
부표처럼 흔들리던
하루를 거두며
떠나는 노을 한 자락
끌어안고 뒹구는 바다

하얗게 일어서는 목마름
어둠에 묻으면
등 밝히고 나가는
고기잡이 배

섬 속에 갇힌 바다는
등대 하나 밝히고
더 큰 가슴을 꿈꾼다

빙어에게

올라가는 수온을 피해
낮은 곳으로 내려가야 한다고
여름을 탓하지 마라

가장 깊은 곳의 고요가
네 몸 속에 스며 투명해지지 않느냐

어둠의 바닥으로 몸을 두르고
계절의 흐름을 견딘 흔적
고스란히 온 몸에 배어 밝아지지 않느냐

천둥보다 큰 침묵 세포마다 심어
번개보다 밝은 온 몸 말갛게 밝히면

살을 에는 동장군 휘젓는 수면
모두가 피한 자리
꺼릴 것 없이 선명한 은빛 대열
너의 겨울 아니더냐

휴지를 태우며

불을 당긴다
확, 허공에 매달리는 불꽃
넝쿨져 탄다

빗나간 문장 그어버린 또는
오타로 구겨진 종이
재생불능이란 이름으로 버려진
편영들

구겨지고 찢긴 삶의 부분
후르르 쏟아버리고 돌아서는 자
다시 채우기 위해 떠나지만
등 돌린 자의 등을 보는 가슴은
더 채워야 할 것이 없어
빈 가슴으로 가득하다

가슴을 비웠으므로

쉽게 불붙는 소멸에의 길
온 몸을 세워 타오르다
너울너울 사그라드는 마지막 열정

잊힌 것들은 스스로를 태울
한 줌 불씨를 꿈꾼다

종이컵

종이컵에 술을 따른다
비워 두면
작은 바람에도 뒹구는

종이컵에 술을 받는다
알 수 없는 속
짐작으로 받아야 하는

쨍
서로를 확인하는
신뢰의 부딪침
그러나 종이컵은
소리가 나지 않는다

종이컵의 술을 마신다
보이지 않는 속
적당히 비우고 돌아서며

발로 밟아도
소리 없이 구겨질 뿐

종이컵은
내일을 꿈꾸지 않는다

눈

한 치의 망설임
체념의 한 더욱 없이
마음 하얗게 단장하고
눈은 내린다

낮은 곳으로
낮은 곳으로 내리는 눈
빌딩 숲 도시에도
빈 들판에도
넉넉한 마음
쌓이고 스민다

바위에도 부딪침 없이
갈대밭에도 꺾음 없이
나직나직 내린다
낮은 소리로 내린다

스스로를 낮추므로 깊어지는 우리

눈은
낮은 곳으로 내려
더 많은 세상과 어울린다

몽돌

몽돌 둥글게 모여 앉은 해변을
맨발로 걷는다
수많은 사연이 물기에 초롱하다
각이 없다
부딪침의 상처 보이지 않는다

나도 그들 위에 둥글게 앉는다

바다를 걸어 나오는
발걸음 소리가 들린다
파도에 몸을 맡겨
갈고 닦는
고행의 길

나는
얼마나 더 굴러야
둥글게 반짝이는

깊은 눈빛이 될까

솔숲을 빠져나온 바람이 바다를 건넌다

눈부신 오후

풀잎 끝 잠자리
투명한 날개 그물망
햇볕이 촘촘하다

겹눈 가득 내려앉은
먼 하늘의 그림자
구름 몇 점 한가롭다

짝을 찾는 일
짝을 짓는 일
가을을 챙기는 오후
벗어나

흔들리는 풀잎 끝
홀로 앉아
풀잎이 되기도 하고
바람이 되기도 하는
눈부신 오후

독경讀經

먼 길 달려와
깊은 고요로 머무는 곳

무더위를 건넌 푸르름
어깨 토닥이며 얼굴을 비추고
구름과 손잡은
한 폭의 하늘마저 몸을 맡긴
청명함

텅 텅 텅
유람선 한 척

소양호 깊은 경전의
행간을 읽으며
청평사로 든다

삽을 내려놓다

지난해 봄
뜨락에 심은 어린 묘목들
뿌리 내려 연한 가지 길러내는 모습에
가슴 뜨거웠다
잎 진 몸으로 새로운 뜨락에서 맞은 겨울
급강하한 기온으로 얼어붙은 습설의 무게 힘겨운데
강풍까지 덮쳐 가지가 부러지고 쓰러져
뒤엉킨 여린 나무들 구분조차 어렵다

아지랑이 피는 새 봄
엉키고 부러진 나무들을 뽑아내기 위해
삽을 들고 선 뜨락에선
어린 나무들이 일어서고 있다
철쭉나무의 새순은 철쭉에서
화살나무 새순은 화살나무에서
장미꽃 새순은 장미나무에서 돋고 있다
상한 가지들을 일으켜 세우고 있다

뒤엉킴이 아니라 서로에게 기대어 다독인 계절이었다
얼음을 녹이며 걸어올 봄을 믿었던 것이다

슬그머니 삽을 내려놓는다

그렇게

무심히
해변을 걷다 눈 마주친
수많은 몽돌 중 하나
머루 알 같은 눈빛으로
발길을 멈춰 세운다

중력 잃은 마음 다잡아
쉴 새 없이 구르는 몽돌
그렇게
파도 속으로 든다

제 3 부

어머니의 의자

고향의 강

미루어 놓은 말
물안개로 자욱한 소양강
그리움의 밧줄 풀어 노 저어 가면
낮은 소리로 다가오는 검푸른 깊이

물수제비뜨듯 던진 말들은
강을 건너지 못한 채
바닥에 잠겨 바위로 자랐다

건질 수 없는 말들의 고요
뒤로 한 채 노 저으면
차륵 차륵
침묵을 감고 도는 물소리

가슴 깊이 맑은 둥지를 틀어
따뜻한 말들을 품는다

아버지

죽어서 별로 뜨는
나의 아버지
주막집 소란 속엔
아예 없어도
손수 가꾼 뜰안 가득
떠나지 않아
나는 어둠으로 아버지는 빛으로
밤새워 이야기 나누고 있다

더덕

험한 굴곡 견디며
거뭇거뭇 어둠을 걷어낸
속살

눈물로 번져 온 몸 감싸는 향기

공처럼 앉아 더덕을 까느라
활처럼 휘어버린 어머니의 등

접시 위의 더덕처럼
곱게 펴고 싶었을 것이다

한식

넘어지지 않으려고
오른손 왼손
가리지 않고 잡으면서
살얼음 세상을 건너온
언 손이 돌아왔습니다

연두색으로 돋아난
당신의 말씀들이
햇볕에 빛나는 봉분 앞에
둥글게 모여서서
두 손을 모았습니다

고사리 손을 모아주며
기도하는 마음으로 살라던
당신 앞에
굳은 살 박힌 양손을 꼭 잡고
고개 숙입니다

찬밥 한 덩어리 입에 물고

이제야 깨닫습니다

양손을 모아야 잡을 것이 없다는 것을

청명

그림엽서에는 늘 단정한 별들이 은하수로 흘렀다
물고기자리가 헤엄치고 염소자리가 목을 축였다
하품을 풀어놓은 영화처럼 장맛비가 내렸다
별이 보이지 않는 엽서는 별보다 작은 조각으로
비 내리는 강물에 뿌려졌다
아픔은 노랑과 빨강의 징검돌을 건너 갈색으로 흩어졌다
뒤척이다 일어난 영혼이 외투도 없이
눈보라 속을 헤매며
남김없이 뿜어낸 젖은 입김 주렁주렁 얼었다
눈이 멎었다
하늘 한가득 변함없는 별빛이 쏟아져 내려
따뜻한 손으로 영혼의 고드름을 어루만진다

다시 연두색 그림엽서를 꺼낸다

택배

장마가 멎어
점검 차 들른 땡볕의 고향집
대문을 열자
뜨락을 가득 채운 과일 보따리

할머니가 가꾼 자두나무
아버지가 심은 복숭아나무

발신인이 없어도 한 눈에 알아보는

향기 그윽한 내리사랑

어머니의 의자

고양이 발걸음으로 솟아오른 햇빛이
잠시 이슬방울을 튕기다 가면
기침한 하루가 앉아서
시간을 뜨개질 하며
거친 들로 나서는 새끼들을 배웅한다

한낮의 태양이
견디기 힘든 무게를 내려놓으면
냉기로 달궈진 가슴을 열어
온몸을 토닥이던 서늘함이 머무는 곳

황소처럼 고개를 넘는 석양
아쉬움으로 붉게 물들면
노을 한 자락 무릎에 덮고
뜨개질하던 시간을 멈추는 손길
먼지투성이로 돌아오는 새끼들
하나 둘 맞아들인다

비바람 속에서도 눈보라가 몰아쳐도
어둠이 짙어도
모든 내 새끼
무사히 돌아오게 만들던
밝은 걱정으로 빛을 발하던 자리

고요가 깃든 밤
별들이 내려와 꿈을 풀어 놓는다

쪽마루를 지켜온 그 자리
당신이 좋아하던 연분홍
새롭게 칠하여
이제
내가 물려받는다

귀로에서

꿈이 달리지 않는
묵은 레일 위에
앙금이 붉다

산허리를 돌아가는 먼발치
터널을 바라보지만
돌아오지 않는 숨찬 꿈들

꿈은 이마에 불을 켜고 달렸다
버려야 할 꿈조차 가득 실은
급행열차
목적지를 향한 질주에
레일은 늘 눈부셨다

이제 개찰구 없는 역과 함께
꿈으로부터 비켜선 레일
묵묵히 지켜온 침묵 위로

비를 맞으며 걷고 있는

귀로

물러섰던 들꽃 다가와 함께 가고 있다

외할머니 산소에서

외할머니 가슴은 무덤이었다
오른쪽 가슴엔
납북되어 생사를 모르는 외할아버지를 묻었다고 했고
왼쪽 가슴엔
인민군에 끌려가다 죽었다는 외삼촌을 묻었다 했다

눈 내리는 겨울밤
외할머니의 가슴에도 눈이 내린 듯
가슴 시리다며 손자들을 끌어안던 할머니의 팔
뒤란 대밭에 숨어 고개 드는 둘째 외삼촌 머리 누르다가
인민군이 난사한 총에 맞았다는 깊은 상처에선
대밭 바람소리가 났다

아흔 여섯의 늘 허기진 작은 몸으로
통일을 물으시던 외할머니
두 무덤을 안고 무덤으로 가셨다

그리고 십 오년
외할머니 산소에서
"통일은 언제 된다냐, 꼭 된다지?"
외할머니의 물으심을 듣는다

5월의 비

불을 품어 마른 가슴은
5월의 비를 맞아야 한다

부드러운 손길로
마른 대지를 토닥이는
아버지의 마음

은밀히 스며드는 빗물로
팍팍한 살결에 탄력이 생기고
봉긋 솟아오르는 연둣빛 5월

씨앗은 젖은 몸으로 품어야
싹을 틔울 수 있다

산란을 꿈꾸는
뻐꾸기 한 마리
가슴 속 불을 끄기 위해
온종일 빗속을 울고 있다

폐교

비석치기 땅따먹기 고무줄놀이 말타기
유년의 발자국이 운동장 가득 잡초에 갇혀 있다

양초 칠로 다져진 반짝이던 꿈들
뽀얀 먼지 속에 가려지고
반듯하던 액자
세월의 무게에 균형을 잃었다

달그락거리던 몽당연필
옥수수빵 허기의 부스러기
주먹보다 큰 자물통에 잠긴 추억들
열쇠를 꽂아 보지만
녹슨 그리움은 열리지 않는다

서늘한 바람을 맞으며 돌아서는 길
이마에 떨어지는 별빛 같은
기억의 사진첩
쓸쓸함으로 덮는다

장항아리

장항아리는 내미는 보시기마다
자기를 퍼주면서 익어간다

쌓이는 고요에 뒤란 대나무 밭이 눕는 한겨울
금강소나무도 적막의 무게에 제 가지를 잃는 밤
장항아리는 혼자 갖는 시간의 두께를
발효의 속울음으로 달랜다

눈 내리는 고향집 겨울 새벽
사르륵사르륵
외할머니 치마 끄는 소리에 잠을 깬다

마당으로 나서니
골마지만 하얗게 남은
빈항아리가
장독대 한구석에서 환하게 웃고 있다

늦은 독해

여행길에서 만난 허름한 식당
할머니가 차려준 가정식 백반
밥상에 콩장이 올라왔다

간장에 비틀어진 삶의 껍질
진한 맛을 품고 있다

밭에서 나는 고기라며
하루도 빠짐없던 도시락 반찬
지겹다며 남겨간 콩장은
쇠도시락 단단한 벽 구석에 모여 있었다

남겨간 콩장을 말없이 씹으시던 어머니
눈가에 비치던 가난의 물기
여행길에서 만난
콩장을 씹으며 눈물을 삼킨다

노송에 기대어

더위에도 찬바람에도
몸 가릴 그늘과 기댈 등을
내어 주는 나의 안식처

검은빛 미래에
하늘마저 아득해 질 때
두 팔 벌려 다독여 주던
그 품속 솔바람 소리

남들이 풍성한 잎을 자랑할 때도
묵묵히
날카로움을 간직한 채
칼바람 속에서도
지지 않는 푸름 간직하는
뜨거운 가슴

투박한 피부 속으로 나이테 감추고

지난한 삶의 흔적 옹이로 드러내며

더 큰 그늘과 향기 더해가는

고향집 노송

냉장고를 바꾸다

긴 겨울밤
옆자리의 잠꼬대에 깨어
어깨를 다독여 안정시킨다
억눌린 감정이 새어 나오는 듯
앓는 소리가 이어진다

깨어난 잠은 쉽게 돌아오지 않는데
냉장고마저 중병에 걸린 듯
앓는 소리를 내고 있다
살며시 일어나 냉장고 문을 연다
차곡차곡 용기에 담긴 아내의 착한 손길이
잠들지 못하고 뒤척이며 피곤에 시든다

냉장고를 바꿨다
최신형 냉장고는
밤이 깊어도 없는 듯 조용하건만
아내의 잠자리는 여전히 풍랑 속이다

아내의 바꿔줄 수 없는 고단했던 삶
그 잠자리에선 오늘 밤도
억눌렀던 세월이 비집고 나온다

나는 아내의 어깨를 토닥이며
무릎을 꿇는다

적기適期

손바닥만 한 텃밭에 고구마 농사를 지었다 한여름 푸른 잎 무성하더니 가을이 되었다 튼실한 고구마의 달콤한 수확을 그리다 가을의 끝자락에 섰다 첫서리가 내리고 난 주말 정성껏 파낸 고구마 덩굴엔 크고 매끈한 고구마 껍질만 달려 나왔다

고구마는 서리 내리기 전에 캐야한다 서리가 내리면 두더지가 임자 없는 양식으로 알고 모두 먹어 버린다

노모가 고구마 모종을 건네며 하신 말씀 이제야 생각난다

따뜻한 밥상에 앉고 싶다

노을 내려앉은
강물 위로 노를 젓는다

이 강물 흘러가는 어딘가
밥 짓는 연기
피어오르는 곳 있으면,
그 곳에 배를 대고
짐을 풀겠다

따뜻한 밥 향기
별빛을 채우는 집
저녁 밥상에 앉고 싶다

봄날

할머니와 어린 손자가
나물을 뜯는다

—할머니 이거 나물 맞지?
포기 채 손에 들고 묻는다

—그래
하지만 두어 잎 남기고 뜯으렴
그래야 그들도 살지

—응, 알았어.
손자의 대답이 환하다

봄 하늘 가득
아지랑이가 피어오른다

제 4 부

바람의 흔적

사랑

네 앞에선 큰 독이 된다
가득 채우고 싶은
희망
온전한 독이 밑 빠진 독이다

차지 않아도 좋다 마주할 수 있으니

네가 없으면 아주 작은 잔이 된다
쉽게 채워지리라는
어리석은 희망
작은 잔이 독보다 크다

차지 않아도 좋다 마주할 수 있다면

누름돌을 놓다

잡초가 자라지 못하도록
화단을 덮은 비닐 귀퉁이가
흙을 비집고 바람에 펄럭인다

덜 삭은 슬픔 같은
짙은 거름의 냄새를
푸득푸득 잔기침으로 뱉어내더니
이랑으로 파고드는 바람을 견디지 못해
어설픈 위로처럼 찢어져 너덜거린다

화단을
끝까지 보듬고 지켜줄 수 있도록
비닐 가장자리에
누름돌을 놓아야 했다
거름이 충분히 삭아
온전히 꽃들만을 피워 올릴 수 있도록

새로 재단한 비닐로 화단을 덮는다
비닐 가장자리를
흙으로 박음질하고
골고루 누름돌을 놓는다
그 어떤 바람에도 상처입지 않도록

수국

발 디딘
그대 가슴 속
심장이 뿜어내는 온도를 담아
푸르고 희고 붉은 꽃으로 피지만
시리도록 담담한 꽃 속에는
퇴화한 사랑이 고개 숙이고 있다

비 내리는 더운 여름
젖은 꽃잎 청순함으로
사랑 가득하지만
꽃잎 다 시들도록
결실 하나 맺을 수 없는
아픈 운명

날아든 나비 한 마리
꽃 속을 뒤적이다
빗물 한 조각 굴리고 간다

달맞이꽃

밤새 달빛에 안겨 달이 된 꽃

절정의 순간을 건너며
맺힌 땀방울로
순결보다 깨끗한
아침을 맞는다

밤새 고인
달빛 은은함
두 손으로 받아
아침을 씻는 꽃

달맞이꽃은 해뜨기 전이
가장 아름답다

진달래꽃

나뭇가지 타고 오른 메꽃이
그의 입술이라 하고
단풍잎 소리 없이 떨어지면
그가 보낸 연서라 하고
흐르는 구름처럼
나도 가리라
바위 같은 기다림 가슴에 안고
삭풍에 실려 오는 흙냄새
꽃눈으로 키워내는 너
여름
가을
겨울 보내고
맨몸으로 봄 밝히는
불꽃이다
스스로 타올라 푸르름
키워내는 그리움의 불꽃

무궁화 꽃이 피었습니다

무궁화 꽃이 술래가 되어
비를 맞고 있다

무 · 궁 · 화 · 꽃 · 이 · 피 · 었 · 습 · 니 · 다

다가오는 발자국 소리를 듣는다
너를 술래로 만들기 위해서가 아니라
다가와 나를 찍어주기를 바라는 마음으로

무 · 궁 · 화 · 꽃 · 이 · 피 · 었 · 습 · 니 · 다

영원한 너의
술래를 꿈꾸며
이른 아침부터 무궁화 꽃이
비에 젖고 있다

복수초

한겨울
조여 오는 설빙의 두께를
견디기 위해
얼마나 많은 고통의 버팀목을 세웠을까

어금니 꽉 깨물고
심박수를 줄인 채
뒤척임마저 억누르며
땅 속 먼 온기에 귀 기울였으리라

수없이 두드리는 매운바람에도
실눈으로 집중하는 단 한방의 기회
온 힘으로 내지르는
복수의 몸짓

엄동의 밤이 한줄기 햇살에 무너지듯
눈 속을 뛰쳐나온 노란 화해의 울림에
하르르 무너지는 동장군

애기똥풀꽃

우리 마을에 아이가 태어났어요
현수막이 걸렸다
십년 만에 울려 퍼진 아기 울음소리에
애기똥풀 꽃망울을 터뜨린다

밭일 마치고 돌아오던 어르신들
현수막을 걸었다
마을에서 함께 잘 키우겠습니다
애기똥풀꽃이 모두 아기 똥이었으면
좋겠다며 박수를 친다

짐 챙기러 왔던 아이 아빠
현수막에 눈물 글썽이며
마음을 걸었다
주민 여러분 감사합니다 잘 키우겠습니다

애기똥풀꽃
강아지처럼 뒤엉켜 바람 속을 뒹군다

물봉선

— 나를 건드리지 마세요

흐르는 물가에서
여름 끝자락 맑은 도란거림에
귀를 씻는다

도를 넘은 갈등의 폭염을 피해
골짜기 물가에 앉아
낮은 곳으로 흘러 큰물이 되는
순리의 경전을 품고 피워내는 묵언정진

장마 속 거센 물결의 흔들림에도
부러지지 않은 혼
온 몸을 더욱 푸르게 담금질하여
송이송이 피워낸 연분홍 결연함이
선명하다

비 내리는 밤

내게로 오는 발자국 소린가
창문 열면
조심스레 지나가는 빗줄기

기다리는 눈빛인가
방문 열면
빗속에 홀로 서있는 가로등 불빛

밤 깊어 돌아서는 몸짓인가
방을 나서면
꽃피워 담 넘는 줄장미 넝쿨

어디에도 없으면서 어디에나 가득한
비 내리는 밤

가슴을 두드리는 빗줄기
밤새 나를 깨운다

잊혀진 문을 찾다

— 수콩이네 뜨락 · 1

먹구름 사이로 쏟아지는 한줄기
빛이 두드리는 문
잊고 있었다
서서히 잊혔기에 심장 깊숙이 밀려나
존재마저 망각한 폐쇄의 문
기다림으로 직조되었을 거미줄마저
망각의 무게에 무너져 내린
녹슨 문 앞에서
더듬어 손잡이를 잡는다
스쳐지나갈 빛으로 추억할 것인가
간직할 빛으로 깃들게 할 것인가
망설임 뒤에 오는 심호흡
열어젖힌 문으로
나보다 앞선 빛이
잠든 세포들을 깨운다
말랐던 혈관이 샘솟아 전신의 신경계
말초까지 적신다

잊혀 진 문은 뜨락으로 통하고 있었다
순결의 물줄기로 기르다 만
은방울꽃 마른 가지에
다시 피어나는 꽃의
방울소리 은은한 향이
파문으로 온 몸을 살아 숨 쉬게 하는 뜨락
인연의 손을 잡지 못해
긴 세월 버려져 엉킨 인동덩굴
빛으로 내미는 손에
금은화 수줍은 향으로 피어나는 뜨락

잊혔던 문의 발견은
새롭게 가꾸어 갈 뜨락
은혜의 공간으로
들어서는 통로였다

불면의 밤
— 수콩이네 뜨락 · 3

인적 없는 심산에 암자 한 칸 짓는다
누구도 찾을 수 없는 곳
이라고 믿으며

짐승들도
그리움의 허기에 하산하고
바람도 깊은 어둠이 무서워
산 밑에서 머뭇거리는
밤

적막의 무게에 귀 기울이다
한 줄기 맥을 잡는다
멈출 수 없는 생명의 끈이 되어
화악산 너머 또 하나의 암자로
흐르는 연둣빛 혈맥

가부좌를 틀고 앉은 너의 무릎

위로 떨어진
젊음과 꿈과 사랑과 눈물의 부스러기들
보인다
너도 불면이구나

밤보다 깊은 젖은 눈빛 속에서
네 심장의 분홍빛 잔물결이
윤슬로 찰랑인다

아침이다
연두색 줄기에 가득 맺힌
분홍빛 꽃망울

흐르는 물이 바다에 이르듯
마음도 흘러야
가 닿는다

언집, 온기로 품다

— 수콩이네 뜨락 · 4

불을 잊은 지 오래 된 아궁이에
재가 되지 못한 땔감이
숯으로 뒹군다

아궁이 속에 묻힌
숯덩이를
뒤적이는 손길에
삭은 기둥 삐걱대는 아픔으로
언집이 뒤척인다

후우
부드러운 입김에
피어나는 불꽃
아궁이가 환해진다

타오르기를 잊은 채
재에 묻힌 숯덩이를

뜨겁게 살려내는 가슴

온돌 구석구석을 돌아
집 한 채
온기로 품는다

마디가 모여 자란다
— 수콩이네 뜨락 · 5

대나무가 늘 푸른 것은
아픔으로 변색된 낡은 잎을
버릴 줄 알기 때문이다

대나무는 속을 비운 만큼
굵어진다
마디가 모여 비우며 자란다

한눈팔지 않는 지향
하늘만 바라보며
마디마디 마음을 키운다

마디가 모여 자라는 것이
대나무뿐 만은 아니다

사랑해 기운내 아프지마
시보다 더 시 같은 사람

긍정 에너지 따뜻한 가슴
네가 있는 세상에 고개 숙인다
고맙다 미안해

아픔으로 변색된 갈색 마음을 지우는 푸른 말

심장의 온기를 담은 말들이
가 닿는 심장은
마디가 된다

사랑도 이렇게
한마디 마디가 모여
자란다

푸른 말들이 도란거리는
숲이 된다

바람의 흔적

— 수콩이네 뜨락 · 7

바람이 부는 날
심하게 흔들리는
너희들

몸부림이었구나
서로의 살과 뼈를
경험하기 위한,

꽃잎 떨구는 일 아닌
열매 맺는 일이었구나

서로를
보듬는 일이었구나

역류

— 수콩이네 뜨락 · 9

강물이 쌓여 거슬러 흐른다

봄꽃 가득 가꾼
들판을
온몸으로 끌어안는 흐느낌

들과 손잡고 피워 올린
꽃들의 미소에
윤슬로 답하며
인연의 실타래 곱게 풀어가던 강

폭우에 길이 막혀
강물이 쌓인다
쌓인 강물이 거슬러 흐른다

들판을 끌어안고 노을빛으로 뒹구는 범람

가을 산이 내게

— 수콩이네 뜨락 · 10

가을 산이
새벽안개를 젖히며
고요를 마주하고 선다
고요의 알갱이마다
숱한 사연 담겨있을 것이다

깊어가는 가을
새벽의 고요가
뼈 속까지 스미더니
온 산에 단풍이 든다

봄부터 길어 올린 초록으로
수액을 만들던 나뭇잎들
떨켜의 은밀한 차단에 가늘게 떨다
수척해진 얼굴을 들어
자기만의 색으로 단장한다

뒤척이던 강물 잠이 들고
별들도 침묵하던 밤
서늘함 속에서
면벽한
이 가을의 고요는

새 봄을 위해
얼마나 고운 색으로
시린 이별을 준비하고
남아 흐르는 사랑의 증발을 막기 위해
얼마나 단단한 떨켜층을 만들어
내게 겨울을 맞으라 할 것인가

파도의 끝

아무리 높이 내달아도
파도의 끝은 모래톱이다
혼신의 힘으로 나뒹구는 파도

아득한 깊이에서
삼킬 듯 포말 날리며
쉼 없이 타오르는 출렁임

옥빛 설렘 하얗게 부서지며
털썩 주저앉는 소금기의 함성
쏟아내는
검푸른 분노의 비린내

바다의 격정을
고스란히 받아들여 잠재우는
모래톱은
파도의 마지막 품이다

너의 뒤척임 속으로

안개를 지켜보다 안개가 되기로 하였다

자욱한 너의 뒤척임 속으로
더듬어 들어서자
온 몸으로 스며드는 너의 밤
눈밭에 홀로 선
자작나무 같았을 시간들이
하얗다
아리다

간밤의 한숨들
아침 햇살에 스러지고
다시 펼쳐지는 싱싱한 하루
빛 속을 걷는다

| 작품해설 |

시간의 안과 밖 그리고 길 찾기

박 해 림

(시인 · 문학평론가)

시간의 안과 밖 그리고 길 찾기

박 해 림
(시인 · 문학평론가)

최인홍의 시에는 자연의 서사적 숨결을 정면으로 마주하게 하는 힘이 있다. 그의 시편 전반에 펼쳐낸 시인의 주변적 요소 즉 그가 태어나서 성장한 배경이 마치 한편의 장편영화가 그렇듯 읽는 이에게 연속적인 파노라마로 장착한다.

시인이 살아낸 시간과 공간에서 만나는 경험적 세계의 이야기가 대체로 순연한 것이 그러하다. 그가 마주한 세계의 대부분은 자연물이거나 또는 그 자연물에 닿아있는 삶을 가감 없이 보여줌으로써 독자를 그 세계로 진입하게 한다.

시인의 주변부적 삶을 형성하는 대부분은 산이거나 강이거나 바다이거나 암자 또는 푸르른 나무들이며 꽃과 이웃이 되는 것도 그렇다. 시인에게 경험되어진 시간과 공간의 무게는 그 어떤 복잡한 과정도 필요하지 않다. 그가 가진 기억의 회로를 통해 선명한 이미지로 발현되는 지난 시간의 여정과 그 시간이 빚어낸 기억 저 너머의 세상에 대한 그리움이 시 전편을 관통, 즉 관류하는 것이 그렇다.

그러나 한편으로는 언제 그랬냐는 듯 낯을 가리기도 한다. 인과적으로 연결되는 고리를 만날 때 비로소 아는 척하는 것도 그렇다. 기억은 매 순간 우리에게 시간과 공간을 동시에 요구하면서 누구에게나 있는 자신만의 시간과 그 시간과 떨어질 수 없는 관계인 공간이 있어야만 가능한 특별한 산물이다. 각 개인에게 있어 기억은 경험되어진 과거의 일들을 공감각적으로 구현하며 특별한 정서적 공간에 놓일 때 시간과 공간이 연속성을 이루며 대상화를 이루는 것 또한 그렇다.

비우기 위해
흐르는 땀으로 세례를 하며 오른
설악의 정상

가장 높은 곳에서 가장 낮은 자세로
서 있는 눈잣나무와 마주한다
탁 트인 하늘로 마음의 뿌리를 뻗어
사철 푸른 희망을 놓지 않는 곳

지친 몸을 정상석 옆 바위에 맡기면
동해의 펄떡이는 파도가 머리를 쓸어 넘기고
소양강 싱싱한 윤슬이 등을 토닥이는 곳
금강과 태백을 넘어온 녹색 바람이
어깨동무하는 곳

축축한 영혼을 보송하게 일으켜 세우는
대청봉에서
사방을 아우르는 강원의 품을 본다

—「대청봉에서」 전문

파도를 내려놓은
바다와 나란히 걷는다

직선을 버린

바람이 어깨동무를 한다

맨발 가득 달라붙는 모래가
긴 세월 구두에 휘둘리며 걸어온
굳은 발을 어루만진다

바다로 드는 갈매기 떼가
내 안의 묵은 슬픔들을
싱싱한 물속으로 데려간다

—「하조대 해변에서」 전문

삼악산 용화봉에서
의암호 젖은 바람으로
온 몸을 씻는다

감은 눈으로 고요를 듣고
두 귀로 하늘을 우러른다

세상 거칠게 걸어온
두 발 내려놓고

새 발로 겸손히 길을 딛는다

—「삼악산」 전문

오르다 숨이 차서 쉬어야 한다면
가슴을 풀어헤치고 눕고 싶다면
오세암 기둥에 등을 대고
곧추 앉고 싶네

산굽이 돌아 들어온 길
동자꽃은 피는데
홀로 눈 속에 묻혀
길 사라진 산굽이
아득히 내리는 눈송이보다
더 많은 절망을 날렸을
동자승이 보이네

풍경 소리에 멈춰선 바람
도란도란 흐르는
말씀을 부려 놓는데
그 말씀 하나 가슴에 품고

먼 길 새롭게 오르고 싶네

—「오세암에서」 전문

시 「대청봉」에서 만난 세상은 온통 비우기이다.

'비우기 위해/ 흐르는 땀으로 세례를 하며 오른/ 설악의 정상' 에 올라 자신과 마주한 시인은 내 속에 가득한 그 무엇을 지금, 이 순간 비워야만 한다는 것을 알고 있다. '설악의 정상' 에서이다.

설악산은 속초시와 양양군, 고성군과 인제군에 걸쳐 있는 태백산맥의 한 부분으로 해발 1,708미터로 우리나라에서 한라산과 지리산 다음으로 세 번째로 높은 산이다. 그 설악의 정상인 대청봉에 시인은 서 있는 것이다.

시인은 그곳에서 한없이 작아진 자신과 정면으로 마주하면서 겸허히 비우기를 한다. '비우기 위해/ 흐르는 땀으로 세례를 하며 오른/ 설악의 정상' 에 오른 시인은 '가장 높은 곳에서 가장 낮은 자세로/ 서 있는 눈잣나무와 마주' 하면서 자신을 돌아본다.

시인이 마주한 세계는 '사철 희망을 놓지 않는 곳' 임을 알아챘기 때문이다. '지친 몸을 정상석 옆 바위에 맡기면/ 동해의 펄떡이는 파도가 머리를 쓸어 넘기고/ 소양강 싱싱한 윤슬이 등을 토닥이는 곳/ 금강과 태백을 넘어온 녹색 바람이/ 어깨동무 하는 곳' 이라는 것을. 이 땅의 산악인이 아닐지라도 설악산 대청봉 이름은 거의 다 알고 있을 것이다. 큰마음을 먹어야만 갈 수 있는 곳, 굳이 시간을 내어야만 오를 수 있는 곳이다.

물론 요즘은 산 중턱 너머까지 오를 수 있게 도로가 잘 닦여져 있으나 정상까지는 작정하고 걸어야만 한다. '축축한 영혼을 보송하게 일으켜 세우는/ 대청봉에서/ 사방을 아우르는 강원의 품' 을 보아낸 시인의 깊은 시선은 아무리 강조해도 지나치지 않은 듯하다.

그러나 한편으로는 '파도를 내려놓은/ 바다와 나란히 걷는다// 직선을 버린/ 바람이 어깨동무를 한다// 맨발 가득 달라붙는 모래가/긴 세월 구두에 휘둘리며 걸어온/ 굳은 발을 어루만진다// 바다로 드는 갈매기 떼가/ 내 안의 묵은 슬픔들을/ 싱싱한 물속으로 데려간다' (「하조대 해변」전문)에서는 가까이, 보다 더 가까이 놓인 자신과 마주한다.

한결 순연해진 바다를 보며 과거의 시간과 현재의 시간을 관통하며 그 속에서 여전히 어찌할 수 없는 또 다른 자신을 만날 수밖에 없다는 것을 안다.

'긴 세월 구두에 휘둘리며 걸어온 굳은 발' 이라는 표현에서 여전히 놓을 수 없는 과거의 시간을 만나야만 하는 것이 그렇다. 그러나 곧 '바다로 드는 갈매기 떼가' 내 안의 오래된 슬픔들을, 진작 털어내지 못한 슬픔들을 '싱싱한 물속'으로 데려가는 것과 마주함으로써 비로소 자신을 정면으로 받아들이는 시간 속에 놓이게 된다.

'오르다 숨이 차서 쉬어야 한다면/ 가슴을 풀어헤치고 눕고 싶다면/ 오세암 기둥에 등을 대고/ 곧추 앉고 싶네// 산굽이 돌아 들어온 길/ 동자꽃은 피는데/ 홀로 눈 속에 묻혀/ 길 사라진 산굽이/아득히 내리는 눈송이보다/ 더 많은 절망을 날렸을/ 동자승이 보이네'(「오세암」전문)에서 시인은 호흡을 고른다.

산에서 자주 만날 수 있는 동자꽃은 홍자색 다섯 잎을 가졌다. 여기에서 '동자꽃'은 곧 '동자승'으로 겹치는 것을 알 수 있는데 그것은 '동자꽃'이 주는 이미지가 만들어 낸 강렬한 인상 탓이다. 인적이 드문 깊은 산속 여기저기 피어있는 선명한 주홍색의 동자꽃은 키가 작다 키가 작아서 더욱 눈길이 가는 아름다운 들꽃이다.

'오세암 기둥'에 마냥 등을 대고 기대고 싶은 시인은 역경의 의미가 강한 '산굽이'를 돌아서야 비로소 숨을 고르며 그곳에서 만난 키 작은 동자꽃에서 자아 동일화를 이루고 있음을 알 수 있다. '풍경소리에 멈춰선 바람/ 도란도란 흐르는/ 말씀을 부려 놓는데/ 그 말씀 하나 가슴에 품고/ 먼 길 새롭게 오르고 싶'(「오세암」부분)은 강한 열망과 마주하며 이전의 나와 이후의 나를 겹쳐놓는 것이 그렇다.

세상의 그 어떤 강한 바람일지라도 휘둘리지 않는 또 다른 나를 만날 수 있음을 확인한다. 나를 속속들이 드러내지 않아도 '그 말씀'이면 '먼 길'일지라도 얼마든지 새롭게 오를 수 있다는 것을 파악할 수 있는 것이다.

열여섯 가슴엔 용광로 끓고 있었으리라
온 몸을 휘감아 도는 서강 물줄기마저
뜨겁게 덥혔으리라

그 불덩이 무릎에 앉히고
함께 하늘 우러르던 여름날의 기억을
나이테로 차곡차곡 간직해 온 수령 육백년의
소나무 그늘에서
가슴에 손을 얹는다

누구나 하나쯤 불덩이를 품고
뒹구는 것이 삶이다
불덩이 사그라들면
시커먼 상흔으로 남지만
그 자리에 잔잔하게 배어있는

고통의 나이테는 빛이 된다

단종애사의 길목을 지나던 바람이
후려치는 솔가지에 흐느낀다
열여섯 절망이
청령포 가득 솔향으로 번진다

―「관음송 그늘에서」 전문

위의 시「관음송 그늘에서」의 작품은 시인의 역사 인식에 대한 뜨거운 면모가 드러난다. 조선 왕조의 비극적 사건인 단종의 죽음과 마주한다. 조카를 죽음에 이르게 하고 왕위를 찬탈한 세조의 잔인한 결과를 고스란히 품고 있는 '청령포'를 전면에 내세운다/ '열여섯 가슴엔 용광로 끓고 있었으리라'라는 도입부의 결연한 구절은 그때의 상황이 오랜 시간이 흘렀어도 퇴색되거나 아무것도 달라진 것이 없다는 것을 초연히 펼쳐낸다. 그때의 비극적인 사건은 시공간을 넘어 기어이 마주할 수밖에 없다는 것을 새삼 확인하는 시인의 모습이 선연하다. 생활의 대부분이 기계화된 요즘의 바쁘고 발 빠른 세상에서 옛 유적지는 단지 관광지의 역할로만 기능하기 쉽다.

그러나 거침없이 시공간을 넘어 청령포에 새겨진 그때의 사건을 소환, '관음송'을 그 중심에 두고 몇백 년을 거슬러 다가간 비극적 상황과 정면으로 마주하고 있다는 것이다. 이 순간 시인에게 특별한 감흥을 유도하고 있을 뿐 아니라 그 특별함이 새삼 소환되면서 현재에서 간과하기 쉬운 시간 저쪽에 눈을 돌린 것이다. 역사적 사실 그 어떤 매개가 주어지면 언제라도 시간을 훌쩍 뛰어넘을 수 있다는 시인만의 거침없는 상상력과 함께 사건을 마주하는 초월적 감성에 있다는 것을 확인한다. 그것은 누구에게나 있을 법한 자연스럽고 당연할 것 같은 대목이나 그렇지 않다. 그 어떤 기회가 주어져도 대체로 역사 저 너머의 사건과 상황을 훑고 지나가는 것이 일반적 흐름이다. 그러니 더욱 시인만의 섬세한 감성에 눈길이 가는 것이다.

이렇듯 '관음송'이라는 매개의 역할은 시인에게 매우 유용한 시공간을 열어젖히는 열쇠가 되고 있다는 것을 확인할 수 있다. 단지 확인하는 것에 그치지 않고 현재적 시점에서 굳이 과거의 그 비극적 사건에 성큼 다가가는 시인의 감성을 함께 고요히 느낄 수 있는 것이다. '소나무 그늘에서/가슴에 손을 얹는' 행위를 통해 의미의 확장을 불러온다는 것과 그때의 그 시간, 그 상황에 자신을 밀어 넣고 있음을 본다.

'온 몸을 휘감아 도는 서강 물줄기마저/ 뜨겁게 덥혔으리라// 그 불덩이 무릎에 앉히고/함께 하늘 우러르던 여름날의 기억을/ 나이테로 차곡차곡 간직해 온 수령 육백년의 소나무가 그늘에서/가슴에 손을 얹는' 것을 마주하고 있는 시인과 함께라는 느낌이 그렇다. 그러나 다음 순간 시인은 '누구나 하나쯤 불덩이를 품고/ 뒹구는 것이 삶이다/ 불덩이 사그라들면/ 시커먼 상흔으로 남지만/ 그 자리에 잔잔하게 배어 있는/ 고통의 나이테는 빛이' 된다는 것을 강조한다. 그것이야말로 이 시대, 시인이 힘주어 말하고 싶은 강렬한 메시지가 아닐까.

그때의 그 비극적 사건은 오늘날에도 여전히 유효한 '고통의 나이테' 일 것이니 그 고통은 곧 '빛' 으로 치환될 것이고 기어이 치환될 수밖에 없다는 것을 말하고자 함을 알 수 있다.

흐르는 물가에서
여름 끝자락 맑은 도란거림에
귀를 씻는다

도를 넘은 갈등의 폭염을 피해
골짜기 물가에 앉아
낮은 곳으로 흘러 큰물이 되는
순리의 경전을 품고 피워내는 묵언정진

장마 속 거센 물결의 흔들림에도
부러지지 않은 혼
온 몸을 더욱 푸르게 담금질하여
송이송이 피워낸 연분홍 결연함이
선명하다

—「물봉선」 전문

밤새 달빛에 안겨 달이 된 꽃

절정의 순간을 건너며
맺힌 땀방울로
순결보다 깨끗한
아침을 맞는다

밤새 고인
달빛 은은함
두 손으로 받아
아침을 씻는 꽃

달맞이꽃은 해뜨기 전이
가장 아름답다

— 「달맞이꽃」 전문

나뭇가지 타고 오른 메꽃이
그의 입술이라 하고
단풍잎 소리 없이 떨어지면
그가 보낸 연서라 하고
흐르는 구름처럼
나도 가리라
바위 같은 기다림 가슴에 안고
삭풍에 실려 오는 흙냄새
꽃눈으로 키워내는 너
여름
가을
겨울 보내고
맨몸으로 봄 밝히는
불꽃이다
스스로 타올라 푸르름

키워내는 그리움의 불꽃

— 「진달래꽃」 전문

한겨울
조여 오는 설빙의 두께를
견디기 위해
얼마나 많은 고통의 버팀목을 세웠을까

어금니 꽉 깨물고
심박수를 줄인 채
뒤척임마저 억누르며
땅 속 먼 온기에 귀 기울였으리라

수없이 두드리는 매운바람에도
실눈으로 집중하는 단 한방의 기회
온 힘으로 내지르는
복수의 몸짓

엄동의 밤이 한줄기 햇살에 무너지듯
눈 속을 뛰쳐나온 노란 화해의 울림에

하르르 무너지는 동장군

—「복수초」 전문

우리 마을에 아이가 태어났어요
현수막이 걸렸다
십년 만에 울려 퍼진 아기 울음소리에
애기똥풀 꽃망울을 터뜨린다

밭일 마치고 돌아오던 어르신들
현수막을 걸었다
마을에서 함께 잘 키우겠습니다
애기똥풀꽃이 모두 아기 똥이었으면
좋겠다며 박수를 친다

짐 챙기러 왔던 아이 아빠
현수막에 눈물 글썽이며
마음을 걸었다
주민 여러분 감사합니다 잘 키우겠습니다

애기똥풀꽃

강아지처럼 뒤엉켜 바람 속을 뒹군다

—「애기똥풀꽃」 전문

무궁화 꽃이 술래가 되어
비를 맞고 있다

무 · 궁 · 화 · 꽃 · 이 · 피 · 었 · 습 · 니 · 다

다가오는 발자국 소리를 듣는다
너를 술래로 만들기 위해서가 아니라
다가와 나를 찍어주기를 바라는 마음으로

무 · 궁 · 화 · 꽃 · 이 · 피 · 었 · 습 · 니 · 다

영원한 너의
술래를 꿈꾸며
이른 아침부터 무궁화 꽃이
비에 젖고 있다

—「무궁화 꽃이 피었습니다」 전문

발 디딘
그대 가슴 속
심장이 뿜어내는 온도를 담아
푸르고 희고 붉은 꽃으로 피지만
시리도록 담담한 꽃 속에는
퇴화한 사랑이 고개 숙이고 있다

비 내리는 더운 여름
젖은 꽃잎 청순함으로
사랑 가득하지만
꽃잎 다 시들도록
결실 하나 맺을 수 없는
아픈 운명

날아든 나비 한 마리
꽃 속을 뒤적이다
빗물 한 조각 굴리고 간다

—「수국」 전문

본 시집의 많은 작품에서 시인이 일관되게 보여주는 또 다른 것이 있다. 그것은 '물봉선', '달맞이꽃', '진달래꽃', '복수초', '애기똥풀꽃', '무궁화', '수국' 등을 바라보는 시인의 남다른 눈길이다.

한반도 전역에서 자주 만날 수 있는 꽃과 풀이다. 봄과 여름 그리고 가을까지 쭉 이어 피고 지는 소박한 꽃에 유독 관심을 보인다는 것이다. 이 꽃들은 하나같이 화려함과는 거리가 있다.

그뿐 아니다. 흙과 가까이 아주 낮은 곳에 피어있거나 기껏해야 사람의 허리쯤이거나 조금 더 키가 클 뿐이다. 소도시 동네 언덕이나 야산 그리고 대도시 하천 변에서도 자주 만날 수 있어 마음만 먹으면 아름답고 소박한 이들과 함께 할 수 있는 것이다.

불을 잊은 지 오래된 아궁이에
재가 되지 못한 땔감이
숯으로 뒹군다

아궁이 속에 묻힌
숯덩이를
뒤적이는 손길에

삭은 기둥 삐걱대는 아픔으로
언집이 뒤척인다

후우
부드러운 입김에
피어나는 불꽃
아궁이가 환해진다

타오르기를 잊은 채
재에 묻힌 숯덩이를
뜨겁게 살려내는 가슴

온돌 구석구석을 돌아
집 한 채
온기로 품는다

—「언집, 온기로 품다 —수콩이네 뜨락 · 4」 전문

잡초가 자라지 못하도록
화단을 덮은 비닐 귀퉁이가
흙을 비집고 바람에 펄럭인다

덜 삭은 슬픔 같은
짙은 거름의 냄새를
푸득푸득 잔기침으로 뱉어내더니
이랑으로 파고드는 바람을 견디지 못해
어설픈 위로처럼 찢어져 너덜거린다

화단을
끝까지 보듬고 지켜줄 수 있도록
비닐 가장자리에
누름돌을 놓아야 했다
거름이 충분히 삭아
온전히 꽃들만을 피워 올릴 수 있도록

새로 재단한 비닐로 화단을 덮는다
비닐 가장자리를
흙으로 박음질하고
골고루 누름돌을 놓는다
그 어떤 바람에도 상처입지 않도록

—「누름돌을 놓다」 전문

시인은 이것을 놓치지 않는다. 이제는 빈집이 되어버린, 한때 뜨겁게 달아올랐던 온돌에 옹기종기 모인 식구들이 겨울밤을 따뜻하게 보냈던 그때의 시절을 상기시키는 아름다운 시다. 소박한 농촌의 삶을 가장 잘 드러낸 '온돌'이 있는, 그래서 아궁이를 통해 불꽃을 일으키는 긍정의 삶을 살아낸 '집 한 채'에 든 따뜻한 가족들의 결속을 고요히 들여다볼 수 있다.

곧 이 시는 「누름돌을 놓다」에서 확장을 이룬다. '누름돌'이란 말 그대로 바닥을 누르는 돌일 터인데 그 목적이 '잡초'가 자라지 못하는 데 있다. 그러나 그 누름돌은 제 역할을 넘어 '거름이 충분히 삭아/ 온전히 꽃들만을 피워올릴 수 있도록' 애를 써야 한다. 방해꾼인 잡초뿐만 아니라 '그 어떤 바람에도 상처입지 않도록' 바닥을 지켜내어야 하는 것이다. 시인이 들여다본 삶의 터, 즉 생명을 꽃피우고 지켜내어야 하는 곳엔 꼭 필요한 누름돌을 놓아야만 한다는 것을 강조하는 이유는 '생명'에 있음을 본다.

최인홍의 시집 『그물코를 깁다』에서 시의 전편을 관류하는 시간과 공간, 그리고 자연의 서사적 숨결의 마디 마디는 시인의 경험적 세계에서 이루어져 있음을 다시 확인한다.

그의 경험적 세계는 절대적이면서 자연 친화적이다. 그를 둘러싼 푸른 나무들이며 꽃 그리고 강과 바다, 그리고 결코 인위

적이지 않은, 있는 그대로의 소박한 삶을 통해 그 어떤 것에도 치장되지 않은 생명의 강인함이 초록의 풀밭처럼 활짝 펼쳐져 있음을 보았다.